KB068249

그날들이 참 좋았습니다

그날들이 참 좋았습니다

초록담쟁이 그리고 쓰다

프롤로그

종종 그림을 그리게 된 계기에 대한 질문을 받곤 합니다. 어디에서부터 이 그림들이 시작되었는지 말이에요. 그럼 저는 그리워서 그리게 되었다고 대답해요. 너무나 그리워서 그리지 않고는 견딜 수 없었다고 말입니다.

제겐 성인이 된 후 맞은 또 하나의 유년 시절이 있습니다. 마치 어제의 일처럼 생생하네요. 낡은 소형차에 몸을 구겨 넣고 알지도 못하는 곳을 향해 가던 길. 생전 처음 보는 아흔아홉 구비의 고개를 넘으며 느꼈던 멀미. 차 안을 가득 채운 피로와 불안, 슬픔… 갑자기 어려워진 집안 형편 탓에 강원도 산골의 작은 마을로 내몰리듯 떠나오는 길이었습니다.

고도가 높아 귀가 먹먹해지는 고갯길을 넘자 산과 논으로 둘러싸인 작은 집이 나타났습니다. 잡초로 무성한 집 마당에 들어서니 문득 미지의 세계로 떨어진 이상한 나라의 앨리스가 된 듯한 기분이었어요. 도시에서 나고 자란 제게 사방 가득한 초록빛의 향연은 정말 신세계였습니다. 그렇게 나이 서른이 조금 지난 그해 여름, 저의 두 번째 유년 시절이 시작되었습니다.

도시를 떠올리게 하는 그 어떤 것도 없었습니다. 어스름한 새벽이면 새의 노랫소리에 잠이 깨고 날이 어두워지면 잠자리에 들었습니다. 흙과 바람, 햇살과 비, 산과 하늘, 넓은 들판, 느리게 흘러가는 시간… 회색빛 창문 너머 무덤덤하게 받아들이곤 했던 계절의 변화가 그곳에선 절대적으로 생생하게 우리의 삶과 맞닿아 흘러갔습니다.

우리에게 주어진 하루하루와 우리를 둘러싼 자연의 모습이 매 순간 이처럼 생생하고 경이로울 수가 없었어요. 거친 흙을 뚫고 여린 새싹이 돋아나는 모습을 보고, 검은 거울같이 맑은 밤하늘의 별자리를 헤며, 그러다가 떨어지는 별똥별에 탄성을 지르며, 서로의 손을 잡고 반딧불의 빛을 쫓아 산책하며… 아이들은 성장하고 어른들의 상처는 치유되는 시간이었습니다. 참 가난했던 그날들은 시골의 겨울만큼이나 혹독하고 어려운 시절이기도 했지만, 사랑하는 가족과 함께 이 인생의 겨울을 견뎌낼 수 있어 더없이 소중하고 감사했습니다.

이렇게 여러 번의 계절을 살아내던 어느 날, 바람에 떠밀리듯 시작되었던 산골 생활은 또다시 바람에 떠밀리듯 끝을 맺게 되었습니다. 동화 같던 그 8년 동안의 시간은 나의 삶을 완전히 바꾸어 놓았고 저는 그날들을 이야기하지 않고는 견딜 수 없었어요. 글솜씨가 있었더라면 글을 썼을 것이고 목소리가 고왔다면 노래를 불렀겠지만 나는 그림으로 이야기를 풀어내었습니다.

어른이 되어 시작된 시골 생활이었지만 그 안에서 저는 언제나 어린아이 같았습니다. 자연 속 삶의 모든 순간에 기뻐하고 감탄하며 누리는 어린 아이와 같은 마음을 선물 받았지요. 그래서 그림 속 제 모습은 양 갈래 머리를 땋은 어린 소녀랍니다.

늘 그리운 것들을 탐색하다 보니 자연스레 먼 기억 속에 묻어 두었던 어린 시절의 우리네 모습 또한 함께 떠올랐습니다. 어릴 적 친구, 학교, 그 녀석과의 풋사랑, 할머니, 지금의 나보다 훨씬 젊은 우리 엄마… 잊고 있었던 고운 이야기들이 저마다의 가락으로 노래했습니다.

평범한 하루를 살다가도 타임머신을 타고 돌아간 듯, 그 산골의 작은 집으로 나를 데려다 놓는 기억들은 대부분 참 단순하고 작은 순간에 대한 것이었습니다. 너무나 작아서 더 소중하고 반짝이는 기억들… 이제 다시는 그 시절, 그곳으로 되돌아갈 수 없지만 무수한 기억의 씨앗을 품고 한 송이 한 송이 아름다운 꽃으로 피워내는 마음으로 그림을 그리고 이야기하는 저는 참 행복한 사람입니다. 그리고 이런 행복을 많은 분과 나누고 싶습니다. 벼랑 끝에서 만난 선물 같은 시간을 담은 그림들이 이 시간에도 온기가 필요한 누군가에게 작은 위로와 휴식이 될 수 있기를… 또 누군가에게는 잃어버린 소중한 기억들을 찾아 나서는 여정의 출발점이 될 수 있기를 바라봅니다.

이 그림들을 연재한 지 꽤 많은 시간이 흘러 이 책이 나오게 되었습니다. 좋은 된장은 오래될수록 맛있고 김치도 묵은지가 제맛이지요. 오랫동안 품어온 그림과 이야기들을 엮어 책으로 만들어주신 이슬기 에디터님과 출판사 분들께 깊이 감사드립니다.
그리고 나의 뮤즈, 나의 가족… 그대들로 인해 너무나 행복합니다. 사랑하고 사랑합니다.
마지막으로 이 모든 것을 허락하시고 여기까지 인도해주신 하나님 아버지께 모든 감사와 영광을 돌립니다. 하나님은 모든 순간 속에서 그분의 아름다움을 보여주셨습니다. 제 그림은 하늘 아버지께 드리는 사랑 노래이며 연애편지입니다.

오늘도 저는 아름다웠던 그 날들의 흔적을 찾아 헤맵니다. 그림이라는 타임머신을 타고 그리운 그 시절, 그곳으로 날아가요. 그리고 언젠가 다시 찾아올 나의 세 번째 유년 시절을 꿈꾸듯 기다립니다.

초록담쟁이 이수희

여름, 새콤달콤 향기 가득히

가을, 사락사락 갈대밭 사이로

겨울, 가만가만 기다리는 계절

봄, 팡팡 터지는 빛깔들

여름,

새콤달콤
향기 가득히

여름 날 오후

더위에 지친 여름날 오후엔
시간마저 멈춘 듯합니다.
나무 그늘 아래
평상에 이렇게 누워 있노라면
멈춘 시간 사이로 여름 소리가 들려오네요.

매미와 풀벌레들의 울음소리,
열매와 곡식이 익어가는 소리,
따가운 햇살이 내 발등에 내려앉는 소리….

간질간질, 귀를 간질이는 여름소리를 자장가 삼아
나는 까무룩 잠이 듭니다.

s. hee

S. Lee

봉숭아 꽃물

봉숭아꽃이 만발할 때면
열 손가락에 봉숭아물을 들여 주셨던 엄마.

빻아놓은 봉숭아 반죽에서 나던 냄새,
꽃 사이를 날며 붕붕거리던 꿀벌의 날갯짓.
첫눈이 올 때까지 봉숭아물이 남아 있으면
첫사랑이 이루어진다는
엄마의 달콤한 이야기까지.

내 손도 내 마음도
곱디고운 색으로 물들어갔습니다.

보랏빛 향기

비가 오는 날에는 모든 색이 선명해져요.

초록, 노랑, 보라, 빨강...
주위를 둘러싼 자연의 색들이 더 깊어지고
비 냄새, 풀 냄새, 꽃 냄새...
풍요로운 향기들로 가득 차요.

나는 우산도 없이 뛰쳐나가
비 오는 날의 수채화에 어우러지곤 했지요.

s. hee

할머니의 원두막

폭신한 할머니의 무릎을 베고 누우면
코끝에는 싱그러운 수박 향.
살랑살랑 한 뼘 바람으로 더위를 식혀 준
할머니의 부채질.

시원한 바람을 느끼다 보면
어느새 나도 모르게 잠이 들곤 했던
그 원두막, 그 여름날.

S. Lee

S. hee

자두 향 가득히

자두나무 아래
여기저기 떨어져 있는 토실토실 자두들.

따사로운 햇살과
한줄기 바람 속에 실려 온 자두내음에
달콤한 여름향기가 가득합니다.

전설의 고향

너무 무서워 이번에는 진짜 안보겠다고
이불을 얼굴까지 끌어올리고 손으로 눈까지 가렸건만
결국 또 소용없는 일이었지 뭐야.

굳게 감았던 눈, 살짝 실눈을 뜬 순간
"옴마야!"

s. hee

S. hee

고요하고 잔잔한

특별히 이렇다 할 것 없는 하루하루가 흘러갑니다.

별일 없이, 고요히 채워지는 시간은

작은 것에 기쁨을, 사소한 일에 행복을 느끼게 합니다.

가만히 힘을 빼고 수면 위에 누워 있는 듯한 기분이 들게 하지요.

느리지만 쉬지 않고 떠가는 구름,

잠자리의 춤사위,

따사로운 햇살과 나무들의 그림자와

함께 시간을 보내는 그런 기분.

작은 것에 기쁨을, 사소한 일에 행복을,

모든 것에 감사를 배워 나가는 평범한 일상 속에서

나는 조금씩, 조금씩 영글어 가고 있습니다.

친구야 노올자!

영희네 집에 가서
"영희야~ 노올자!"

순이네 집에 가서
"순이야~ 노올자!"

집을 차례대로 돌며
점점 불어나는 친구들과
곤충 잡기, 소꿉놀이, 구슬치기,
고무줄, 숨바꼭질, 무궁화 꽃이 피었습니다…
해가 뉘엿뉘엿 지고 엄마가
저녁밥 먹으라고 찾으실 때까지
우리는 지치지도 않고 참말로 신나게 놀았지요.

s. hee

초여름의 그 밤

초여름 밤에는
소리도 향기도 더욱 짙어집니다.

들에 핀 꽃들과 온갖 풀벌레,
개구리와 하늘의 달과 별들까지
모두가 저마다의 목소리로 노래하는 밤입니다.

깊어진 흙 내음과 풀잎 향기가
창문 너머 코를 간질이는 밤입니다.

설레어 잠 못 이룬 나는
달콤한 여름밤 공기 속으로 녹아듭니다.

너는 알고 있었을까

"너는 알고 있었을까…."

그날, 그 시간
책을 읽고 있던 네 옆 자리에 앉았던 건
결코 우연이 아니었다는 걸.
나에게 아무런 눈길조차 주지 않던 너의 옆모습을
애타는 마음으로 훔쳐보고 있었다는 걸.
무엇이든 다 감아 버리는 나팔꽃 덩굴이
너와 나, 함께 감아 버렸으면 좋겠다고
바보 같은 생각을 하고 있었다는 걸.

"너는 알고 있었을까…."

그날, 그 시간
나의 옆 빈자리에 네가 앉았을 때부터
몸이 굳어 꼼짝할 수 없었다는 걸.
머릿속이 하얘져 읽었던 구절을 읽고 또 읽어도
무슨 말인지 하나도 알 수 없었다는 걸.
무엇이든 다 감아 버리는 나팔꽃 덩굴이
너와 나, 함께 감아 버렸으면 좋겠다고
바보 같은 생각을 하고 있었다는 걸.

"너는 알고 있었을까…." 

S. hee

knock, knock

똑 똑 똑.

어서 나와 봐.

토끼풀 화관을

만들어 줄게.

S. hee

S.hee

소나기

갑자기 만난 소나기에도
깔깔대며 즐거운 우리들.

인생이라는 길에서 소나기를 만날 때
비에 젖는 것도 그리 힘들지 않게 함께 있어 줄
그런 친구 옆에 있다면 얼마나 좋을까?

항해

바다에 가고 싶을 때면
아빠가 구해 주신 커다란 소라 껍데기를 귀에 대 보아요.
그 신비한 소라 껍데기 속에
고스란히 간직되어 온 바다의 소리.

나는 어느새
찰랑거리는 파도 위에서
짭짤하고 신선한 바다 공기를 가르고 있지요.

S. hee

초록빛 여름 속으로

봄에 심었던 벼는 쑥쑥 자라

초록빛 물결을 이루고

빙 둘러 눈에 보이는 모든 것이

짙푸른 색 옷을 입었습니다.

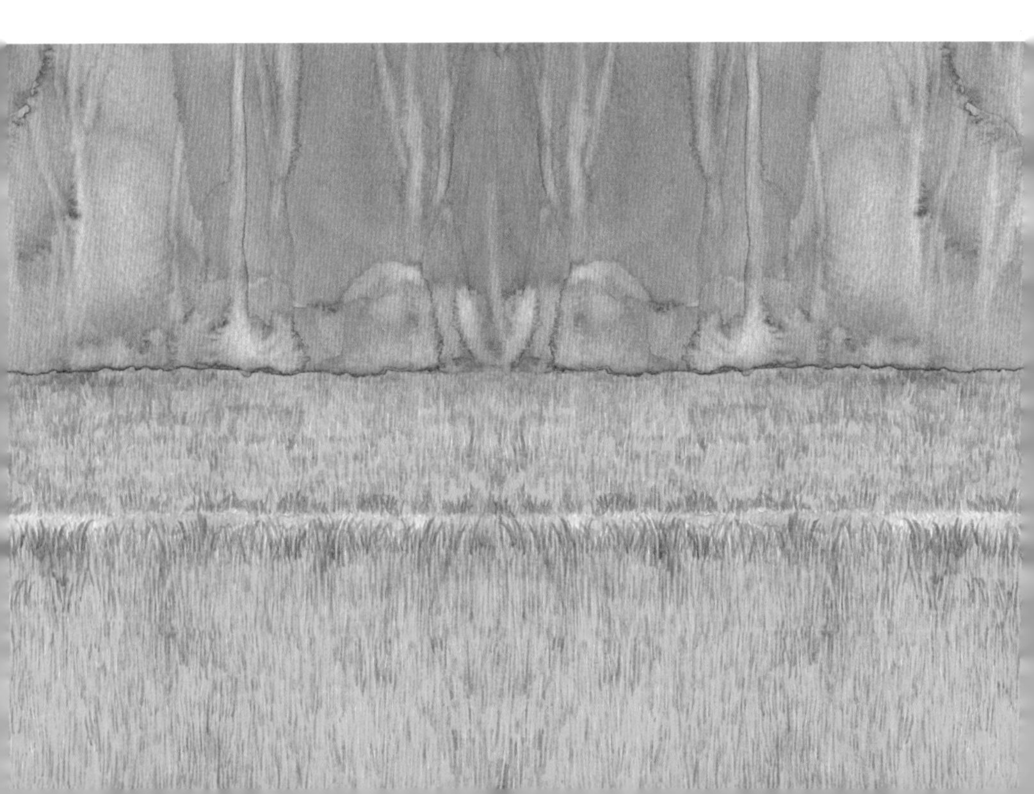

자전거를 타고 고요한 논둑을 가로지르며

내가 참 사랑하는 초록 여름 속으로….

"따르릉따르릉~"

비 오는 날에는

아침부터 눈코 뜰 새 없이 바쁜 농부의 계절.
비가 오는 날에는 그 모든 것이 잠시 멈추는 것 같았습니다.
아빠의 장화도 엄마의 호미도 모자와 장갑, 물뿌리개도
비가 오는 날에는 어느 지붕 밑에 조용히 휴식을 취합니다.

산과 들은 비에 젖어 더 짙푸르러지고
텃밭에 심어 두었던 작물들은
맛난 물을 빨아들여 보기 좋게 통통해졌지요.
빗소리를 들으며 그 풍경을 하염없이 바라보기만 해도
참으로 좋았습니다.

야외 스케치

마당에 핀 꽃과
짙푸른 산과 하늘의 구름,
논과 밭 사이를 날아드는 새들.
모든 순간들이 아름답고 사랑스러운 자연의 풍경…

내 작은 마음에는 다 담아낼 수 없기에
그리고 또 그려 냅니다.

꽃보다 어여쁜 이름

사방이 알록달록 꽃들로 가득 찼습니다.

눈에 보이는 것마다 싱그럽고 아름다운 날이었습니다.

나는 시간 가는 줄도 모르고 꽃을 땄지요.

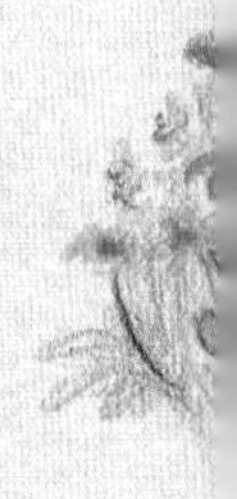

S. hee

S. hee

한 바구니 가득 꽃을 모아 오는 길,

나무 그루터기를 만났습니다.

판판한 게, 꼭 스케치북 같았어요.

나는 꽃으로 글씨를 써 보았습니다.

엄마
s. hee

꽃보다 더 어여쁜 이름

엄…　마…

문득 엄마가 보고 싶어져
서둘러 집으로 돌아갔습니다.
바구니 속 가장 예쁜 꽃을
엄마의 머리에 꽂아 드려야지,
생각하면서요.

S.hee

툇마루에 앉아

뜨거웠던 한낮의 열기를
시원한 소나기가 식혀 줍니다.
비오는 날이면 툇마루에 앉아
물기 머금은 마당을 하염없이 바라보아요.
비에 젖은 흙과 꽃, 그리고 풀 냄새를 참 좋아하거든요.
처마 밑으로 떨어지는 빗줄기도 좋아하고요.

가만히 앉아 내 마음도
촉촉하게 젖어들기를 기다립니다.
물기 머금은 나의 마음에도
향기가 났으면 좋겠습니다.

S. Lee

s. hee

모험가

하루하루의 삶이
어떤 날엔 밀림 같아서
우리는 늘 모험가의 마음을
품고 살아야 해요.

장미꽃 향기

하굣길, 갑자기 만난 비에
길가 작은 집 처마 밑에 뛰어 들어갔어요.
우산을 챙기라는 엄마의 말씀을 듣고도
그냥 나온 것이 참으로 후회가 됐습니다.

점점 더 거세지는 빗줄기를
원망스런 눈길로 바라보고 있을 때
그 아이도 처마 밑으로 뛰어 들어왔어요.
서로 얼굴도 쳐다보지 못하고 인사조차 건넬 수 없었지만
붉어진 그 아이의 얼굴과 두근거리는 심장 소리가
보이고 들리는 것 같았지요.

길가 작은 집 담장을 덮고 있던 빠알간 장미들이
더욱 알싸하고 진한 향기를 내뿜던 그런 날이었습니다.

S. hee

S. hee

달달한 아침

창문을 열자마자
꽃향기로 가득한 공기가 너무나 달달해서
또다시 네가 생각나는 아침.

버드나무에 부는 바람

마을 어귀 커다란 버드나무.
긴 머리 추욱 늘어뜨리고 있다가

바람이 불면
쏴아아- 쏴아아-
몸을 흔들어 노래를 부르는….

S. Lee

내 마음에 비가

세상은 아름답고 모두들 즐거운데
내 마음에만 장대비가 내리는 그런 날이 있습니다.

그리고
나의 어둠 속에 조용히 들어와
함께 비를 맞아 준
고마운 네가 있었습니다.

s.hee

빨간 대야 수영장

이렇게나 더운 여름날엔

마당 한편

빨간 대야 수영장이 최고!

그리는 시간

그림을 그리고 있으면
어느새 나와 닮은 작은 소녀가 곁에 서고
창밖으론 울창한 자작나무 숲이 펼쳐집니다.
은은한 박하 향이 나는가 싶더니
내 작은 방이 싱그러운 초록 식물들로 뒤덮여요.

그림을 그리는 시간은
내가 사랑했던 그곳과
그때의 너를, 그때의 나를 만나는 시간입니다.

S. hee

여름날의 마당

여름날의 마당엔

옹기종기 모여 앉은 장독대와

어울리게 피어난 맨드라미, 접시꽃,

이름 모를 풀이 가득하고

너와 내가 참 좋아했던 비눗방울 놀이에

영롱한 방울이 떠다닙니다.

노을 바라기

한참을 놀다가
집 뒷마당의 돌담 너머 해가 지는 풍경을 보곤 했습니다.
작은 풀벌레 소리만 들릴 뿐, 사방이 고요하고
잠자리들이 물고기처럼 하늘을 헤엄치는 동안
뜨겁게 비추던 태양도 제 집으로 돌아가고 있었습니다.
하루종일 조잘대며 소란스럽던 우리도
그 시간만큼은 어떤 소리도 낼 수 없었지요.

어떤 말도 없었지만
더 많은 이야기를 들은 것처럼
나도 모르게 울컥, 조용한 눈물이 흐르기도 하였습니다….

s. hee

S. Lee

신비로운 밤

꼭 무슨 일이 일어날 것 같은 신비로운 밤.
하늘엔 휘영청 커다란 보름달이 떠 있고
내 마음도 저 달처럼 부풀어 올라
도저히 잠을 이룰 수 없지요.

그렇게 한참 달을 보고 있노라니
"앗! 내가 제일 좋아하는 E.T.가 날아간다!"
"봤어? 방금 날아가는 거!
우리 둘만의 비밀이야."

어딘가로의 여행

가 끔 은

한 번도 가 보지 못한 곳으로

무작정 떠나 보고 싶어져요.

그 곳이 바다라면 정말 좋겠다고 생각하면서요.

BUS
S. hee

가을,

사락사락
갈대밭 사이로

광합성이 필요해

주근깨가 생겨도 좋아.
옷에 풀물이 들어도 좋아.

이렇게 아름다운 햇살이 내려오는 가을날엔
나에게도 광합성이 필요해.

s. hee

S. hee

창가에서

계절이 흘러가는 커다란 창가에 앉아
따끈한 차를 마시며 숨을 고르지요.
어 느 덧
주위 모든 것에 필터가 덧입혀진 듯
나뭇잎의 색깔이 조금씩 변해가고
햇살의 길이도 달라져 있네요.

이렇게 물끄러미 바라만 보아도
참 좋은 가을입니다.

어릴 적 문방구

오빠가 어디 갔나, 찾아보면
십중팔구 학교 앞 문방구였지요.
그 시절 문방구는 우리에게
커다란 보물상자와 같은 곳이었어요.

문방구엔 없는 것이 없었지요.
짤랑짤랑 푼돈으로도 종류별로 사 먹을 수 있는 불량 과자들,
매일매일 새롭게 진열되어 있는 딱지며 카드며 종이 인형들.
학교에서 필요한 각종 준비물에
한번 빠지면 헤어날 수 없는 오락 기계까지….
작은 가게에 이렇게나 많은 물건들이 빼곡히 들어차
우리를 늘 유혹하곤 했어요.

그곳에 가면 약속이나 한듯 만날 수 있었던 친구들…
참 많이 그립습니다.

복사
건전
분필
물풍선
우리매

S.hee

내 인생 최대의 고민

내일 학교에 무슨 옷을 입고 갈까?

왜 매일 아침 입고 나갈 옷이 없는 걸까?

얼굴은 넓적하고, 코는 낮고, 눈은 짝짝이네.

거울 속 내 얼굴은 왜 이리 이상하게 보이는 걸까?

마음에 들지 않는 얼굴과

마음에 들지 않는 옷들.

그 시절, 내 인생 최대의 고민거리.

기찻길 따라

학교를 마치고 집으로 돌아가는 길.

기찻길 선로를 따라 걸으면

어느새 함께 걷고 있는 너.

두 팔을 벌려 기우뚱기우뚱

어쩌다 너와 나의 손끝이 닿아

전기에 감전된 듯 깜짝 놀라 가슴이 콩닥콩닥

발개진 얼굴로 발끝만 보며

아무 말 없이 걷기만 하는 우리.

나란히 걷고 있는 이 기찻길이

영영 끝나지 않았으면 했어.

S. Lee

목욕탕 앞에서

목욕을 마치고 목욕탕 앞 벤치에 앉아

따사로운 햇살 받으며 바나나우유 한 모금 쭈욱~

"아, 개운해!"

여탕
여탕
목욕합니다
S. hee

s. hee

선인장

때로는

날 보호하기 위해 스스로 친 울타리에

가 시 가 돋 아 나

나는 점점 더 움츠러들곤 합니다.

도토리 심부름

깊어진 가을 속으로 도토리 주우러 가는 길.
카펫처럼 수북하게 쌓인 낙엽 더미에선
바스락바스락 맛있는 소리가 들려요.
그 소리가 참 좋아 발을 동동 구르며
낙엽 길 위를 뛰어다니지요.

S. hee

S. hee

그 집 앞

그 집 앞을 지나노라면
나도 몰래 발이 머물고
혹여나 눈에 띌까 다시 걸어 보아도
그 자리로 되돌아오곤 했습니다.

일부러 먼 길을 돌아
꼭 들르던 그 아이의 집.
혹시나 오늘은 작은 창문 열릴까,
설레는 마음으로 기대었던 그 아이의 집.
멀리 좁은 골목 사이로 지붕만 보여도
가슴이 마구 뛰었던 그 아이의 집.

날아 보자꾸나!

남들이 뭐라 하든
넌 안 된다고, 불가능하다고
모두들 손가락질해도

날자! 날아 보자꾸나!

s.hee

별 따는 소녀

어린 내 눈에 비친 세상은

많은 별들이 반짝이는 밤하늘 같이 아름다워

그 별들을 하나 둘 따다가

내 마음에 담아 두었습니다.

S. hee

s. hee

낙엽 밑에서

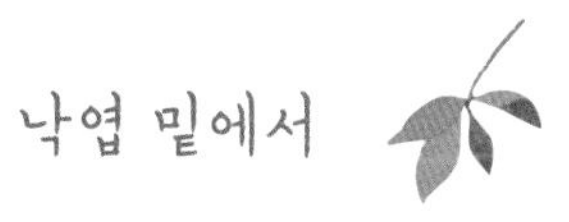

떨어지는 낙엽을 잡으면

소원이 이루어진대!

언제나 떨어질까나….

S.hee

책이 좋아서

책은
읽는 것도 좋지만
내 작은 방
눈에 닿는 곳곳마다 잔뜩 쌓아 놓는 것도 좋아요.

이 가을이 가기 전에 다 읽지도 못할 테지만
각각의 크기와 색깔을 가진 책들 속에
알록달록 서로 다른 세상이 꿈틀대는 것 같거든요.

뻥이요!

오일마다 장이 열리면 친구들과 시장을 헤집고 다니며 놀았지요.
어른, 아이 할 것 없이 북적북적 그중에서도 제일 인기 있었던 곳은
뻥튀기를 튀기는 곳이었어요.
모두들 빙 둘러서서 터지기 전의 그 숨막히는 긴장감…
너도나도 귀를 막고, 실눈을 뜨며 그 순간을 기다렸지요.

뻥!

마음의 준비를 해도 깜짝 놀랄 만한 커다란 소리.
자욱하고 빽빽한 안개 속에 퍼지는 따뜻하고 고소한 냄새.
우리는 가슴을 쓸어내리며 환호성을 질렀어요.
마음 좋은 아저씨는 구경하던 아이들에게도
튀밥을 한가득 퍼 주곤 하셨지요.
입 안에서 살살 녹던 쌀 튀밥은 얼마나 맛있던지….

뻥튀기를 튀기는 시간은
그 어떤 마술쇼보다도 두근두근하고 짜릿한 공연이었답니다.

S. hee

너의 위로

기억이 나지 않을 만큼 오래 전부터 함께였던
나의 낡은 곰 인형.
예쁜 새 인형들에게 밀려 방 한구석을 지키고 있지만
마음이 울적하고 눈물이 나는 날에는
어김없이 낡은 곰 인형에 얼굴을 묻은 채로
실컷 울다가 지쳐 잠이 들지요.

가끔은 어떤 말도 필요 없이
그저 슬픔의 시간에 함께해 주는 것만으로
가장 큰 위로가 될 수 있다는 걸
나의 낡은 곰 인형에게서 배웁니다.

S. hee

자작나무 길

가을이 깊어지면
내가 참 좋아하는 자작나무 길을 지나
도토리를 주우러 가지요.

마을버스 정류장

하루에 몇 번 다니지 않는 마을버스 정류장에는
항상 할머니들이 계셨습니다.
읍내 장에 내다 파실 물건들을 바리바리 싸 들고
좀처럼 오지 않는 버스를 기다리며 앉아 계셨지요.
우리 동네 할머니들은 농사일이며 집안일을
많이 하셔서 안 아프신 곳이 없었지요.

그런데도
눈에 넣어도 안 아픈 손주들 놀러 오면
과자라도 사 주고 싶으셔서
읍내에 장이 열릴 때마다
손수 키우신 것들을 싸 들고
좀처럼 오지 않는 버스를 기다리시는 거였어요.

s. hee

s. hee

양 세는 밤

양 한 마 리 …
양 두 마 리 …
양 세 마 리 …

아무리 양을 세어 보아도
좀처럼 잠이 오지 않는 밤.

독서 여행

책을 읽는 일은
어딘가로 훌쩍 여행을 떠나는 일과 같아요.
책 속의 정교한 지도를 따라
그 어느 곳에라도 갈 수 있어요.

마지막 책장을 덮으며 긴 여정을 마칠 때
조금 더 새로워진 나를 만나는 건
참 멋진 일이에요!

s. hee

S. hee

마법사

나에게 마법 같은 능력이 있으면 얼마나 좋을까,
하고 생각했어요.
공간 이동을 하거나 변신을 하거나
소설에 나오는 신비로운 능력이 있다면
좀 더 재미있지 않을까, 생각했지요.

그런 기적 같은 일은 일어나지 않았지만
삶을 아름답게 하는 기적은 다른 것들임을…
그리고 이미 손을 뻗으면 닿을 만큼
가까운 곳에 있다는 걸 알게 되었습니다.

갈대숲 속 오솔길

가끔은 그렇게
누구에게도 보여 줄 수 없는 눈물이 나는 날이 있어서
그럴 때면 집 옆으로 난 갈대숲 속 오솔길을 찾습니다.

갈대들은 이미 알고 있는 듯
바람을 따라 하늘하늘 춤을 추고 있네요.
나는 길게 이어진 갈대들을 조용히 쓰다듬으며
눈물을 훔칠 생각도 없이 그저 그렇게 흘려 보냅니다.

솨 아- 솨 아-

누구에게도 건넬 수 없었던 마음 속 이야기가 바람이 되고
춤추는 갈대들이 전해오는 노랫소리가 다정해서
어느 새 마음 속 눈물이 마르고
젖었던 자리는 따뜻해져 옵니다….

간질간질 

간질간질~

오빠 일어나!
나랑 노올자~

S. hee

힐링 타임

텅 빈 학교 운동장
철봉에 거꾸로 매달려 대롱대롱.

쏴아아-
바람 한줄기 지나가고
그 바람이 가을을 떨구어 내는 소리.

차분히 가라앉은 마음으로
상한 감정들도 떨구어 내는 시간.

완벽한 오후

내가 참 좋아하는 이곳.

시린 손을 녹여 줄 한 잔 가득 진한 코코아,

너와 함께 듣고 싶은 이 음악과

그 노래를 따라 흥얼거리는 너의 목소리….

모든 것이 완벽한　오.　후.

S. hee

새참 시간

하루 종일 우두커니 서서
알곡들을 지키는 허수아비 아저씨께
맛난 새참을 가져다드리고 싶어요.

S. hee

S.hee

달콤한 휴식

하루 종일 잡초와 씨름 후
꿀맛 같은 휴식 시간.
잡초 더미 위에 털썩 주저앉아 있으면
솔솔 풍기는 풀 내음
건강한 흙의 향기
언뜻언뜻 이마를 스치는 한줄기 바람….

열심히 땀 흘린 뒤의 휴식은
참으로 달콤하기만 합니다.

엄마 손을 잡고 걸으면

엄마의 손을 잡고 다정히 걸으면

가을 빛 하늘도

나뭇잎들이 익어가는 듯 알싸한 공기도

바람에 너울대는 갈대의 속삭임도

다 내 것이 되지요.

S.hee

s. hee

시골집의 가을

처마 밑에

겨우내 먹을 양식들이 주렁주렁.

집 벽을 따라

차곡차곡 쌓여 있는 장작더미.

부지런한 마음과 알뜰한 손으로

겨울을 준비하는 시골집 풍경에

세상에서 제일 큰 부자가 된 것 같습니다.

기다리는 마음

볕이 좋은 가을날
시골집 대문 앞에
사이좋게 앉아 계시는 할머니들.

도란도란
사는 이야기를 나누고
바닥을 구르는 낙엽들을 바라보고
가끔 지나가는 동네 강아지나 고양이들에게
나직한 노랫소리 같은 말을 건네시며

볕이 좋은 이 가을날
할머니들은
그렇게 누군가를 기다리시는 걸까요?

가을 선물

가을로 엮은 내 마음을

너 에 게 선 물 할 게

S. Lee

MUSIC
S. hee

소녀의 방

나무가 보이는 자그마한 창과
포옥 나를 감싸 줄 안락의자,
예스러운 축음기가 어울리는
그런 예쁜 방을 갖고 싶어요.

우리들만의 캠핑

가끔 마당 나무 사이로
커다란 이불을 걸쳐 놓고 캠핑 놀이를 했습니다.
피크닉을 가는 것처럼 도시락을 싸고
좋아하는 책 몇 권을 들고 이불 천막 안으로 들어가
음악도 듣고 책도 읽고….

마치 낯설고 아름다운 숲에 있는 기분이었지요.

소풍 사진

오래된 책장을 정리하다가
낡은 책 속에서 툭! 떨어진 사진 속
웃고 있는 우리들의 모습을 보았습니다.
어느 해 가을, 단풍 속으로 소풍을 갔을 때였어요.

지금도 가깝게 지내는 친구가 있는가 하면
이름이 가물가물한 친구도 있네요.
바랜 사진처럼 기억도 점점 흐려지지만
그날, 바람에 실린 우리의 웃음소리는
아직도 귓가에 맴도는 것 같아요.

S.hee

하곶길

꼬불꼬불 논둑을 걸어 집으로 돌아가는 길.

계절은 또 그렇게 흘러

벌써 가을이 내려앉아 가을걷이가 끝난 논과 밭,

높아진 하늘과 알록달록 산.

차분하고 깊어진 공기에

기분 좋도록 알싸하고 콤콤한 내음이 가득해요.

매년 반복되는 풍경이지만

매번 새롭고 놀라워

그 속에 있다는 것만으로도 행복 충만한

가을 속 하 곶 길 .

S. hee

겨울,

가만가만 기다리는 계절

할머니의 꽃 이불

이불 홑청을 뜯어내어
삶고 빨아 햇살에 말리고
곱게 다려 다시 본래 모습으로 꿰매 놓으시는 할머니.
눈이 침침하신 할머니 대신 바늘귀에 실을 꿰어 드리다가
햇살 담아 뽀송뽀송해진 이불 속에 쏘옥 들어가면
이불 안 가득 고소한 빵 굽는 냄새…

예쁘고 착한 마음으로 살아오신 그 세월만큼이나
알록달록 참으로 고운 할머니의 꽃 이불

겨울이 오는 길목

이 길목에 앉아 가을을 떠나보내고
겨울을 맞이합니다.
떠나는 가을은
아름다운 색들을 모두 거두어 가겠지만
겨울은 알 수 없는 설렘을 데려올 것을 알지요.

무채색의 추위가 마음에 스며들지 않도록,
겨울이 우리들의 동화 같은 이야기로 채워질 수 있도록
서로서로 따뜻한 온기 나누며
이 길목에 앉아 겨울을 기다립니다.

S. hee

s. Lee

라디오 사연

포근한 이불을 머리까지 뒤집어쓰고
따뜻한 방바닥에 누워
라디오에서 흘러나오는
음악방송을 듣는 것만으로도 참 행복했어요.
좋아하는 노래가 나오면 큰 선물을 받은 듯 기쁘고
여러 사람들의 사연을 들으며 함께 울고 웃는 시간.

나만의 이야기를 편지지에 적으며
내 사연도 라디오에서 흘러나올까,
괜스레 설레었답니다.

귀를 기울이면

신비로운 초겨울의 숲에서
가만히 나무에 몸을 기대어 귀를 기울여요.
그 순간
느리고 고요한 나무들의 노래가 들려오지요.

나무들은 천천히 느린 숨을 뱉어 내며
우우웅 우우웅…
말을 걸어오는 것 같아요.

내 몸을 휘감고
뱃속까지 울리는 깊은 소리입니다.
알아들을 수는 없지만
겨울을 기다리며 부르는
나무들의 고요한 노래는 내 안에 가득 맴돕니다.

S. hee

S. hee

첫눈을 기다리며

오늘은 첫눈이 올라나?

기다리는 마음으로
종이 눈송이도 오려 걸었는데…
손톱 끝, 봉숭아물이
다 없어지기 전에 와야 하는데….

시골집의 겨울맞이

시골집의 겨울맞이는

무청을 말리는 것으로 시작됩니다.

찬바람이 불어올 즈음

우리 집에도 옆집에도 외양간과 창고에도

보이는 벽마다 가지런히 무청이 걸립니다.

엄마의 여문 손으로 걸어 놓으신 무청다발이

내 눈에는 참 고와 보이지요.

겨울을 지내며 그곳 그 자리에서

바람을 맞고 눈을 맞고 얼었다가 녹았다가

질깃질깃 구수한 시래기가 될 때까지

견디어 낼 풍경에는

우리 엄마의 투박한 손과 닮은

순박한 아름다움이 있습니다.

S.hee

S. hee

마법의 계절

겨 울

어떤 색보다도 화려한 순백의 반짝임 속에

마음만 먹으면 마법의 세계를 볼 수 있는

이상하고 신기한 계절.

그날따라 자꾸만 

그날따라 자꾸만

그 아이와 마주쳤습니다.

등굣길에서

쉬는 시간 복도에서

학교 도서관에서…

어디선가 불쑥 튀어나온 듯 갑자기 마주친 그 아이는

두 볼이 홍당무처럼 빨개진 채로

안절부절 못하는 것처럼 보였답니다.

온종일 내 뒤를 따라다니는 것 같던 느낌은

나만의 착각이었을까요?

S. hee

S. hee

함께 걷는 길

나에게 주어진 이 길 위에서
어둠을 밝혀 줄 등불 하나와
함께 걸어 주는 다정한 친구들이 있어
오늘도 포기하지 않고
힘을 내어 발을 내딛습니다.

엄마랑 실 감기

또다시 겨울이 다가올 때마다
엄마는 작아진 옷의 실을 풀어 새 옷을 짜 주셨지요.
나는 꼬불꼬불 라면 같은 실을 풀고
다시 감는 일을 도와드렸어요.

엄마와 마주 앉아 풀고 감고, 또 풀고 감고…
나긋나긋한 이야기와 단조로운 손놀림.
마치 시간이 조용히 흐르는 것 같았지요.
묶인 매듭을 살살 풀어가며, 꼬인 실도 달래 가며
어느새 바구니 하나 가득
알록달록 실공들이 쌓인 것을 보면
그렇게 뿌듯할 수가 없었습니다.

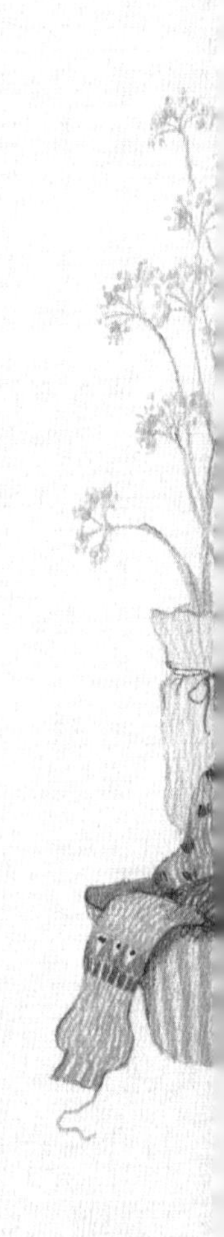

S. hee

S. hee

너만 보면

너만 보면
얼굴이 빨개져 화끈거리고
하지 못한 말들이 목구멍에 차올라
심장 뛰는 소리만 두근두근두근….
이런 모습 너에게 보이기 싫어
어디에라도 숨고 싶지만
온몸이 굳은 것처럼 움직일 수도 없어.

내가…
어 디 아 픈 걸 까 …?

겨울 나무를 노래해

겨울을 견디느라 앙상해진 나뭇가지마다
새들이 모여 앉아 노래를 불러 줍니다.

옹기종기 앉아 있는 새들의 모습은
바람에 흩날리는 나무의 이파리 같고

나는
지저귀는 노랫소리를 타고 온
희미한 봄 내음을 맡을 수 있지요.

S. hee

둘만 낳아
잘 기르자

내 영혼이 따뜻했던 시절

추운 겨울, 우리 동네 한구석에 늘 자리 잡고 계시는
군밤 할머니, 군고구마 할아버지.
구수한 냄새에 이끌려 그곳에 가면
따끈한 군고구마 한 봉지 손에 쥐여 주세요.

군고구마 통 속 타닥타닥 장작 타는 소리가 들리고
막 구워진 고구마,
입천장 데기라도 할까 조심조심 베어 물면
사르르 녹는 뜨거운 태양을 삼키는 것 같아요.
추운 날이지만 태양을 삼킨 나는
몸 속 깊은 곳까지 따뜻해져 하나도 춥지 않네요.

빙그레 웃으며 주신 군고구마를 먹을 때면
왠지 모르게 힘들었던 마음도 사르르 녹아 버려요.

기다림

바라는 일이 금방 이루어지지 않아

힘들지 않냐고, 답답하지 않냐고 걱정하지 마세요.

사실 나는

바라보고 기대하고 기다리는 일

그 자체를 좋아하거든요….

S. hee

S. hee

크리스마스 준비

오늘은 땔감 나무 대신
크리스마스를 장식할 나무를 구해 옵니다.
눈이 소복이 쌓인 산길은 환하게 빛나고
왠지 모르게 설레는 마음에
콧노래가 절로 나와요.

크리스마스를 며칠 앞두고
괜히 더 착한 마음 품고 싶고
주위의 모든 이들을
축복하고 싶은 마음이 드는 건
산타 할아버지의 선물 때문만은 아닐 거예요.

딱 걸렸어! 

엄마가 돌아오시기 전에 살짝만 해보려 했는데
엄마 옷 꺼내 입고
립스틱 바르고,
아이섀도도 발라 보니
너무 재미있어서 그만, 시간 가는 줄 몰랐나 봐요.
외출 후 돌아오신 엄마한테
딱!　　걸렸네요~

S. hee

S. hee

화이트 크리스마스를 꿈꾸며

해마다
크리스마스를 기다리는 날들이 참 좋아요.
이번엔 더 행복한 크리스마스가 되기를
바라는 시간들….
텅 빈 겨울 하늘을 하루에도 몇 번씩 올려다보며
'크리스마스에 꼭 눈 좀 뿌려 주세요!' 하고
응석을 부려요.

이번 크리스마스에는
눈 이 올 까 요 ?

겨울 잠

느려지고
움츠러들고
서로의 온기를 찾아 꼭 붙어 있고…
겨울잠을 자는 곰처럼 잠이 느는 계절.

시간이 멎은 듯한 긴 시간
열심히 자고 나면
이른 봄, 싹이 틀 즈음엔
내 키가 훌쩍 커 있을 거예요.

S. Lee

S. hee

교회 오빠

크리스마스 이브 행사 준비를 마치고
집으로 돌아가는 길.
나를 데려다주던 교회 오빠 때문에 얼마나 설레었던지…
안경 쓴 단정한 얼굴, 신사적인 매너와
능숙한 기타연주 솜씨에 달달한 목소리까지.
그와 함께 걷는 이 길이 계속 이어졌으면 했지요.

여느 잘생긴 배우들보다 더 멋져 보이고
소녀들의 마음을 설레게 하던 교회 오빠들.
지금은 어디서 무얼 하고 있을까요?

전화기 너머

전화기　　너머
그리운 그곳의 소식을 전해 주세요.
내가 좋아했던 그 산과 하늘은 여전한지
매일 나를 감동시켰던 그 계절들은
지금도 그렇게 아름다운지…

전화기　　너머
그리운 그곳의 이야기를 들려주세요.

s. hee

우리들의 크리스마스

크리스마스가 되면 도넛과 쿠키를 만들어
마당에 있는 나무에 걸어 두어요.
추운 겨울이 되어 먹을 것을 구하기 힘들어진
새들을 위해서 말이에요.

작은 이웃들과 나눌 수 있는 것.
그것이 우리의 크리스마스입니다.

S. Lee

s. hee

향긋한 휴식

하루의 고단함과
긴장을 풀어 주는 이 시간.
향긋한 귤 내음에
몸과 마음이 사르르 녹는 것 같아요.
잠시만 이대로
시간이 멈 추 었 으 면 ...

눈 오는 창가

눈 오는 풍경을 보며 창가에 앉아
따끈한 코코아를 마시고
일기를 쓰고
도란도란 이야기를 나누는
오후의 한 자락.

내가 겨울을 참 좋아하는 이유.

S. hee

꽃 이불 위에서

조각조각 이어 만든
꽃 이불 위에 누워 있으면

이렇게 추운 겨울날에도
봄날의 꽃 내음이 나는 것 같았지요.

HAPPYCAT
S. Lee

voyage
S. Lee

새해가 되면

새해가 되면

여행을 계획하는 것 처럼

새로운 계획과 희망에 부풀어요.

호기롭게 시작한 여행은

며칠 안 가 맥없이 끝나 버리곤 하지만

또다시 새해가 다가오면

언제 그랬냐는 듯 콧노래를 흥얼거리며

올해의 계획을 세우고 있네요.

이번엔 좀 더 멀리 가 볼 수 있길 바라면서요.

할머니 방

할머니 방에는 정겨운 물건들이 참 많았습니다.

모든 것이 오래되고 닳았지만

곱단하신 할머니를 닮아 소박하고 정갈했지요.

할머니 방 창문 너머 내리는 눈도

어쩐지 더 곱고 정다운 것만 같았습니다.

S. hee

S. hee

그때 그곳

딱 한 번
타임머신을 타고 기억 속 어딘가로 갈 수 있다면
그때, 그곳에 가고 싶습니다.

하얀 눈이 쌓여 있던 그 자작나무 숲
은빛으로 부서지던 차가운 공기
온통 신비함으로 둘러싸인 길을 너와 단둘이 고요히 걷던

그때, 그 자작나무 숲으로 가고 싶습니다.

난로의 추억

겨울이 되면 우리 집의 온기를 책임졌던 나무 장작 난로.
나는 그 난로가 그렇게도 좋았습니다.
그럴듯한 것은 아니지만 눈앞에서 일렁이는 불꽃을
바라보고 있노라면 그렇게 편안해질 수가 없었지요.

눈 놀이하고 돌아와 난로 주위에 젖은 옷가지를 널어놓고
난로 위, 엄마가 올려 둔 고구마가 익기를 기다리며
따뜻한 코코아 한 잔 마시는 시간은 참 정다웠습니다.
집을 나서는 길 발 따뜻하라고
식구들의 신발을 난로 주위에 두어 데워 놓으셨던
엄마의 마음이 지금도 뭉클함으로 남아 있지요.

지금 생각해 보면 가장 가난하고 추웠던 시절인데
떠오르는 기억 하나하나는 이다지도 따뜻하고 풍요로운 것인지…
참 알다가도 모를 일입니다.

s. hee

S.hee

겨울 목련

시리고 가혹한 계절 동안
여린 몸 안 가득, 봄의 기억을 지켜 내어
이윽고 또다시 찬란하게 꽃피우는 목련 같이
잊지 말아요, 우 리 의 봄 을...

파랑새

나의 파랑새를 쫓아
오늘은 어느 길 위에 서 있게 될까요….

S.Lee
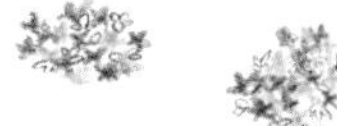

봄,

팡팡 터지는 빛깔들

아프고 난 뒤

며칠을 앓았습니다.

열이 나니 아파 울고,

울고 나니 열이 나는 날들이 계속되었습니다.

그렇게 여러 날을 보낸 어느 날,

다리에 조금 힘이 생기는 것 같았습니다.

아직 조심하라는 엄마의 만류에도 이불을 두르고 문밖을 나섰습니다.

햇살은 유난히 포근하고, 익숙한 풍경들이 새롭게 보였습니다.

분명 겨울이었는데

아프고 난 지금은

봄… 입니다.

S. hee

이제 그만 일어나

"따뜻한 봄이 오고 있어~
이제 그만 일어나!"

이불 빨래

긴 겨울이 끝나고 봄이 올 즈음
겨우내 덮었던 두꺼운 이불을 빨아요.
커다란 대야에 넣고 열심히 발을 굴립니다.
몸은 조금 힘들지만
왠지 마음은 후련해진답니다.

S.hee

s.hee

봄맞이

봄이 온다는 소식에
잠시도 가만히 있지 못해요.
오늘도 봄을 맞으러
밖으로 달려 나가지요.

졸업식

"야, 졸업 축하한다."

"어? 어… 너도…."

학교 다니는 내내

말 한마디 나누어 보지 못했던 그 녀석.

나한테 눈길조차 주지 않았던 그 녀석.

졸업식이 되어서야

이제 정말 헤어질 때가 되어서야

웬 인사람.

볼이랑 귀까지 빨개져서는

내 가슴을　두　근　두　근

휘저어 놓고 난리람….

S. hee

s. hee

봄을 걷는 시간

봄이 되었는가 싶었는데
그 사이 땅은 여린 풀들로 뒤덮였네요.

신발을 벗어 들고
보들보들, 초록 융단을 깐 듯한 마당을 걸으면
발끝으로 전해져 오는 땅의 따스함과 향긋한 풀 내음이
어지러웠던 나의 마음을 차분히 달래 주는 것 같아요.

S. hee

이미… 봄

아직은 바람이 차고
이따금 눈발이 날리기도 하지만
너와 함께 있으면
나에게는 이미… 봄.

너의 등에 가만히 기대어 앉아
나의 호흡, 너의 호흡이
같은 빠르기로 맞추어져 갈 때 전해지는
너의 꿈, 너의 생각, 너의 따스함….

이 순간의 고요,
이 순간의 평화로
나에게는 이미… 봄.

봄바람

매년 이맘때면 마음이 싱숭생숭.
좋아하는 천 가방에 꽃을 담고
챙 넓은 모자를 쓰고
어디론가 자꾸 떠나고 싶어져요.

창가에 앉아 턱을 괴고는
여행 가고 싶다고 노래를 부르는 나에게 엄마는
"애가 또 봄바람이 났네" 하고 웃으시지요.

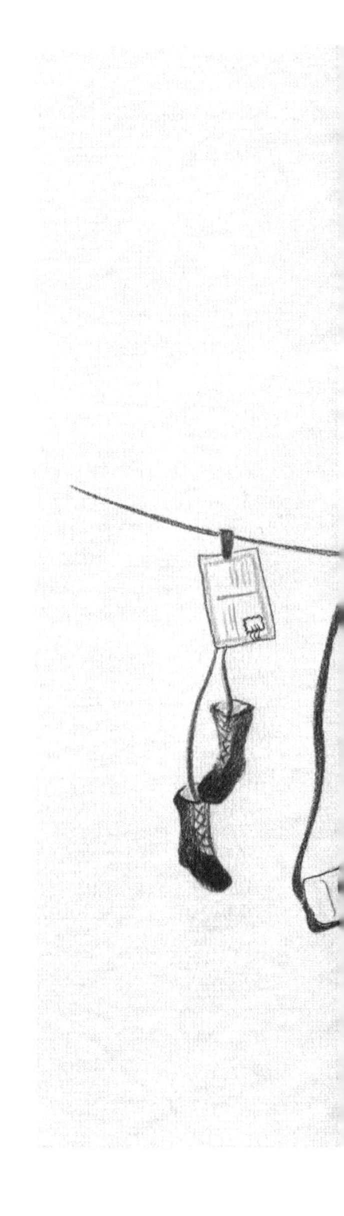

s. hee

POST
S. Lee

빨간 우체통

편지를 써서
비뚤어지지 않게 조심히 접어 봉투에 넣어요.
그 아이의 이름과 주소를 예쁘게 쓰고 싶어
잔뜩 긴장한 바람에 손가락이 저려 오지만
우체통에 편지를 넣으러 가는 길, 날씨도 좋아.
틈 사이로 편지를 넣고선
손을 놓을까 말까, 망설이다가
내 손을 떠난 편지가 우체통 안으로 떨어지며
통!　　소리를 낼 때까지
두근두근 설레는 마음.

우리들만의 스케치북

오빠와 내가 참 좋아하던 놀이 중 하나는
집 담장에 그림 그리기입니다.
여러 가지 물감으로 나보다 키가 큰 그림을 그리려
팔을 맘껏 휘젓고 있으면
정말 신이 났어요.

오빠는 맨날 괴물을 그리고
나는 공주와 꽃을 그렸어요.
손바닥에 물감을 묻혀 마구 찍기도 했고요.
호스로 물을 뿌려 그림을 지울 때면
그대로 물놀이가 되곤 했지요.
우리 집 담장은 세상에 둘도 없는
우리들만의 스케치북이었습니다.

S. hee

GREENIVY
GREENIVY
GREENIVY
S. Lee

꽃 사세요!

이유도 없이 우울하거나 가라앉은 기분에
어쩔 줄 모르게 되는 날
나 자신에게 토닥토닥,
참 잘했다고 칭찬해 주고 싶은 날
꽃집에 들러 꽃 한 다발 사 보세요.

알록달록 아름다운 꽃들을 빙 둘러보면
그날의 기분 따라 눈에 들어오는 꽃이 있기 마련이지요.
기다리고 있었다고 소삭소삭 말을 걸어오는
꽃 말이에요.

경운기 드라이브

할아버지의 경운기를 타고 시골길을 달리는 시간.
길 옆으로 펼쳐진 논과 밭은
일 년 농사의 시작으로 분주하고
여기저기 꽃들이 앞 다투어 피어나 공기는 달콤합니다.

온통 아름다운 색으로 입혀진 풍경을
눈 속에, 마음속에 담으며
시골길을 달리는 시간들이
참 따스하고 다정합니다.

S. hee

봄맞이 노래

차라랑~

엉터리 기타 연주에 맞추어

"봄 봄 봄 봄,

봄이 왔어요!

우리들 마음속에도~"

봄을 기다리는 마음으로 불러 보는 노래.

봄의 색깔

연두, 노랑, 연보라

봄의 색깔은 어찌 이리 예쁠까요.

S. Lee

S. hee

구연동화

따사로운 햇살 아래
어디든 편한 곳에 걸터앉아
좋아하는 책 한 권만 있으면
마냥 행복해요.

좋아한다, 좋아하지 않는다…

좋아한다…

좋아하지 않는다…

'좋아한다'가 나오면

나도 모르게 방그레.

'좋아하지 않는다'가 나오면

세상이 꺼질 듯한 한숨.

이게 뭐라고….

S. Lee

티타임

오늘같이 사랑스러운 봄날엔

예쁜 꽃 아래

식탁보를 깔고

찻잔에 향기로운 차를 담아

마주 앉은 너와

이야기를 나누고 싶어요.

봄 나들이

여기저기 개나리가 활짝 핀 봄은

온통 노랑입니다.

입가에 맴도는 노래에 발맞추어

노란빛 봄 속으로 나들이를 갑니다.

S. hee

노래하는 계절

팡 팡 팡

조그만 봉오리들이 터지며 고운 꽃을 피우는 소리.

조 잘 조 잘 재 잘 재 잘

작은 새들이 끊임없이 수다 떠는 소리.

깔 깔 깔 까 르 르 르

파아란 하늘 아래,

연둣빛 들판 따라 뛰어다니는 너와 나의 웃음소리.

봄은 이렇게

만물이 노래하는 계절.

S. Lee

S. hee

소풍날 아침

마음이 한껏 설레어 잠을 설친 날 새벽…
제일 먼저 커튼을 열어 날씨를 확인합니다.
집안 가득 고소한 참기름 냄새가 솔솔 풍기고
엄마는 벌써 맛있는 김밥을 한껏 싸 놓으셨습니다.

역시 김밥은 꼬다리가 제일 맛있는 법!
야금야금 먹다 보니 제법 배가 부르지만
세상에서 제일 맛있는 우리 엄마 김밥은
하루 종일 먹고 또 먹을 수 있답니다.

저어기 산 너머 말간 햇님이 고개 내미는 걸 보니
오늘은 날씨도 좋을 것 같아 콧노래가 절로 나옵니다.

엄마의 카스테라

친구들과 신나게 놀다가 출출해질 즈음
엄마는 맛있는 카스테라를 만들어 주시곤 했습니다.
우리를 자석처럼 끌어당기던
고소하고 포근한 냄새.
포슬포슬 따뜻한 카스테라를
시원한 우유에 콕 찍어 한 접시를 다 먹고 나서
또다시 놀러 나섰어요.

S. hee

아침마다

매일 아침
유난히 아침잠이 많은 나를 겨우겨우 깨워 놓고
방금 지은 따뜻한 밥과 국을 먹이던 엄마.
곱게 다려 놓은 옷을 입혀 앉히고는
긴 머리를 차곡차곡 땋아 주던 엄마.
머리를 만져 주던 부드러운 엄마 손과
은은하게 코를 간질이던 엄마 냄새.

그새 또다시 잠에 빠져들었던 나를
안쓰러운 손길로 토닥토닥 깨우고
비몽사몽인 내 손에 가방이며, 신발주머니,
소시지와 계란이 든 도시락까지 챙겨 주던 엄마…

s.hee

s. hee

그리운 친구에게

멀리 도시로 이사 간 친구에게 편지를 씁니다.
삐뚤빼뚤 글씨가 마음에 들지 않아 다시 쓰고
쓰다 보니 횡설수설 말이 되지 않아 다시 쓰고.

단짝 친구였던 그 아이에게
다시 찾아온 이곳의 봄 소식을 전하고 싶습니다.

싱그러운 풀 내음과 달콤한 공기,
지저귀는 새소리들과 함께 즐거운 동물 친구들
지금쯤 그 아이도 이곳의 봄을
그리워하고 있겠지요.

이번엔 끝까지 잘 썼는데
눈물 한 방울 또르르 흘러내려와
글씨가 번지고 말았습니다….

그런 밤

둥그런 달님이
두둥실 떠오른 밤.

수줍은 달맞이꽃들이
짙은 향기를 뿜어 내던 밤.

소곤소곤 나지막이
달님에게 마음속 이야기를
털어놓던 　 밤.

S. hee

s. hee

너와의 산책

꽃잎 가득한 봄날의 공기는 훈훈하고
너의 온기 닿아 내 마음은 더 따뜻해.
몽롱한 햇살에
손끝에 스치는 모든 것이 말랑말랑해져
나도 모르게 웃음이 비집고 나와.

지금 이 순간이
꿈일까, 현실일까?
기분 좋게 나른한 너와의 산책.

눈물이 나는 날이면

눈물이 나는 날이면

엄마의 품에 안겨 실컷 울어요.

엄마는 눈물 뚝!

하라고 하지 않으시고

울고 싶은 만큼 다 울 때까지 기다려 주시지요.

기운이 없어질 때까지

실컷 울고 나서 한숨 푸욱 자고 나면

거짓말처럼 슬픔이 사라질 거예요.

s. hee.

봉주르제과점
•오늘의 빵•
푹신푹신
카스테라
s. hee

빵집 앞에서

참새가 방앗간을
그냥 지나칠 수 없듯이
오늘도 동네 빵집 앞에서
발길을 멈추었습니다.

오늘도 숨바꼭질

매일매일 해도 질리지 않는
내가 제일 좋아하는 놀이, 숨바꼭질.
할 때마다 매번 같은 곳에 숨는데도
매번 잘 찾지 못하는 친구.
매번 손에 땀을 쥔 채 두근대는 가슴.

"얘들아,
혹시 양 갈래로 땋은 머리에 붉은 빰을 가진 여자아이랑
커다란 눈만 보이는 까만 고양이 못 봤니?"

"우린 아~무것도 못 봤다냥"

S. Lee

동동동대문을 열어라

"동! 동! 동대문을 열어라
 남! 남! 남대문을 열어라
 열두시가 되면은
 문을 닫는다~"

장난감이 없어도
친구들만 있으면
시간 가는 줄 모르고 즐거운 우리들.

s. hee

S. hee

집으로

나 언젠가 돌아가겠지요,

그리운 고향집으로.

두고 온 모든 것들이

나를 반겨 따뜻하게 맞아 줄 그곳.

많이도 변한 나를 나무라기보다

"잘 왔다, 잘 왔어."

등을 쓸어 주며

따스운 음식 한 그릇에 내 눈물을 녹여 줄…

나 언젠가 돌아가겠지요, 그리운 고향집으로….

S. hee

행복해

발갛게 물든 노을을 바라보거나
손끝으로 풀을 만지며 신선한 향을 맡는 것처럼
사소하고 반복되는 일상 속에서도
순간순간 밀려오는 기쁨으로
빙글빙글 돌며 하늘을 향해 목청껏 소리쳐요.

"행복해, 난 행복해!"

꽃 가게 앞에서

봄만 되면 그래요.

하루에도 몇 번씩 발길이 머무르지요.

몽땅 내 방에 데려다 놓을 수 있다면 얼마나 좋을까.

보고 또 보고…

봄만 되면 나타나는 병 아직도 앓고 있어요.

S. Lee
Spring
is
Here!!

자화상 그리기

자화상을 그리는 일은

내 마음을 들여다보는 일.

S. Lee

S. hee

어른이 된 피터팬

"이건 비밀인데 아빠 원래… 피터팬이었어."
어렸을 적 아빠는 종종 귓속말로 이렇게 말씀하시곤 했습니다.

피터팬을 흉내 내는 아빠를 보며 깜짝 놀라는 딸의 얼굴이 재미있으셨나 봐요. 얼굴도 많이 다른 것 같고, 배도 많이 나왔지만 어린 내 눈에 비친 아빠는 영락없는 피터팬이었습니다.

하지만 산타 할아버지의 비밀을 알 나이가 될 때 즈음 아빠가 피터팬이었다는 것도 사실이 아니란 걸 알게 되었지요.

그렇게 내가 훌쩍 커 버린 어느 날, 아빠는 또다시 피터팬이었다는 이야기로 장난을 거셨답니다. 그런데 그날 아빠의 장난스러운 눈에서 왠지 모를 그리움이 스친 것 같았어요.
반짝이는 무언가를 본 것도 같았고요.

그날, 어쩌면…
우리 아빠가 정말 피터팬일지도 모르겠다는 생각이 들었답니다.

산수유 꽃이 피는 계절 

온 동네에 산수유 꽃이 활짝 피었습니다.
별이 좋은 봄날
항상 그 모습 그대로인 구멍가게 작은 평상에 앉아
달달한 아이스케키 하나 입에 물고 있어요.

집과 집 사이사이
골목길 사이사이
노오란 산수유꽃이 가득하고

봄볕을 쬐며 느긋하게 산책하시는 동네 어르신,

지나가는 고양이,

인사를 건네는 꼬마 아이,

점잖게 가게 앞을 지키는 나이 많은 발바리.

모든 것이 편안하고 아늑한 기분입니다.

이렇게

우리 동네의 정다운 봄이

맛있게 익어 갑니다.

초록상회

쌀
담배
껌
s. hee

그날들이 참 좋았습니다

1판 1쇄 발행 2019년 4월 30일
1판 3쇄 발행 2021년 11월 26일

지은이 초록담쟁이

발행인 양원석
편집장 차선화
책임편집 이슬기
영업마케팅 양정길, 강효경, 정다은, 김보미

펴낸 곳 ㈜알에이치코리아
주소 서울시 금천구 가산디지털2로 53, 20층(가산동, 한라시그마밸리)
편집문의 02-6443-8916 **도서문의** 02-6443-8800
홈페이지 http://rhk.co.kr **등록** 2004년 1월 15일 제2-3726호

ISBN 978-89-255-6642-9 (03810)